À la famille et aux amis des jeunes lecteurs :

L'apprentissage de la lecture est une étape cruciale dans la vie de votre enfant. Apprendre à lire est difficile, mais la série *Je peux lire!* est conçue pour rendre cette étape plus facile.

Tout comme l'apprentissage d'un sport ou d'un instrument de musique, la lecture requiert d'exercer souvent ses capacités. Mais pour soutenir l'intérêt et la motivation de l'enfant, il faut le faire participer au sport ou lui faire découvrir l'expérience de la « vraie » musique. La série *Je peux lire!* est conçue de manière à fournir le niveau de lecture approprié et propose des histoires intéressantes qui rendent la lecture stimulante.

Quelques conseils :

• La lecture commence avec l'alphabet et, au tout début, vous devriez aider votre enfant à reconnaître les sons des lettres dans les mots et les sons que font les mots. Avec les lecteurs plus expérimentés, mettez l'accent sur la manière dont les mots sont épelés. Faites-en un jeu!

• Ne vous arrêtez pas au livre. Parlez avec l'enfant de l'histoire, comparez-la à d'autres histoires et demandez-lui pourquoi elle lui a plu.

• Vérifiez si votre enfant a bien compris l'histoire. Demandez-lui de la raconter ou posez-lui des questions sur l'histoire.

C'est aussi l'âge où l'enfant apprend à monter à bicyclette. Au début, pour faciliter les choses, vous posez des roues stabilisatrices et vous tenez la selle pour le guider. De même, la série *Je peux lire!* peut être utilisée comme outil pour vous aider à guider votre enfant et à en faire un lecteur compétent.

Francie Alexander,
spécialiste en lecture
Groupe des publications
éducatives de Scholastic

P9-CBF-214

Catalogage avant publication de la Bibliothèque nationale du Canada
Wilhelm, Hans, 1945-
  Je veux aider! / texte et illustrations de Hans Wilhelm ;
  texte français de Marie-Claude Hecquet.

Traduction de: I can help.
Pour les enfants de 3 à 6 ans.
ISBN 0-439-96615-9

I. Hecquet, Marie-Claude II. Titre.

PZ23.W538Jev 2004   jC813'.54   C2003-906631-2
ISBN-13   978-0-439-96615-3

Édition publiée par les Éditions Scholastic, 604, rue King Ouest, Toronto (Ontario) M5V 1E1.

6 5 4 3 2   Imprimé au Canada   08 09 10 11 12

Je veux aider!

Hans Wilhelm
Texte français de Marie-Claude Hecquet

Je peux lire! – Niveau 1

Éditions

SCHOLASTIC

Aujourd'hui, je vais faire
comme les grands.

Je veux aider bébé.

Oh, oh!

Je veux aider à nettoyer.

Oh, non!

Je veux aider
à planter les fleurs.

Oh, oh!

Je ne fais que des bêtises.
Je ne suis bon à rien.

Pourquoi les grands savent-ils tout faire?

Ils ont dû faire beaucoup de bêtises, eux aussi.

Mais ils ne se sont pas découragés.
Il ne faut pas que je me décourage, non plus!

Attends, bébé.
Je vais t'aider.

Je fais très attention.

Tu vois? Je peux aider!

Boum!